KB212742

내가 사랑하는 당신은

What i *love* about You

케이트 마셜 · 데이비드 마셜

WHAT I LOVE ABOUT YOU

인생의 가장 큰 행복은 우리가
사랑받고 있다는 확신 속에 있다.

_빅토르 위고, 『레미제라블』, 1862년

나와 당신이 '우리'가 된 첫 만남에 대하여:

언제 우리가 처음 만났을까요?

우리가 처음 만난 장소는?

우리와 함께 있었던 사람들은 누구누구였더라?

우리는 왜 그곳에 있었을까?

그때 우리는 무엇을 하고 있었을까?

♥

만일 우리가 코믹 만화 속 주인공이라면, 내게 꽃을 바치며 프러포즈하는 당신에게, 내 머리 위의 말풍선은 이렇게 말했을 거예요:

당신과 내가 서로 통했던 이유는, 우리가:

❑ 빵과 버터 같아서(서로 없어서는 안 될 사이라서)

❑ 강낭콩깍지에 담긴 콩들 같아서(같은 관심사를 갖고 있어서)

❑ 단맛과 신맛 같아서(서로 반대되는 매력에 끌려서)

당신을 알면 알수록 난 당신의 이런 점들에 끌려요:

당신을 깜짝 놀라게 해주려고 했던 일들이 있어요:

♥

사랑이 점점 깊어가는 우리를 비유하자면:

- ❑ 점점 더 향이 좋아지며 끓고 있는 수프
- ❑ 처음 입었을 때부터 부드럽고 편안한, 꼭 맞는 느낌의 청바지
- ❑ 모든 부분이 완벽한 조화를 이루는 교향곡
- ❑ 굴곡이 심하지만 항상 스릴 넘치는 롤러코스터
- ❑ 처음엔 부딪혔지만 우리가 함께 있을 때 정말 잘 어울린다는 걸 알게 되는 오일과 식초
- ❑ 뜨겁게 싸우며 뒹구는 길고양이들

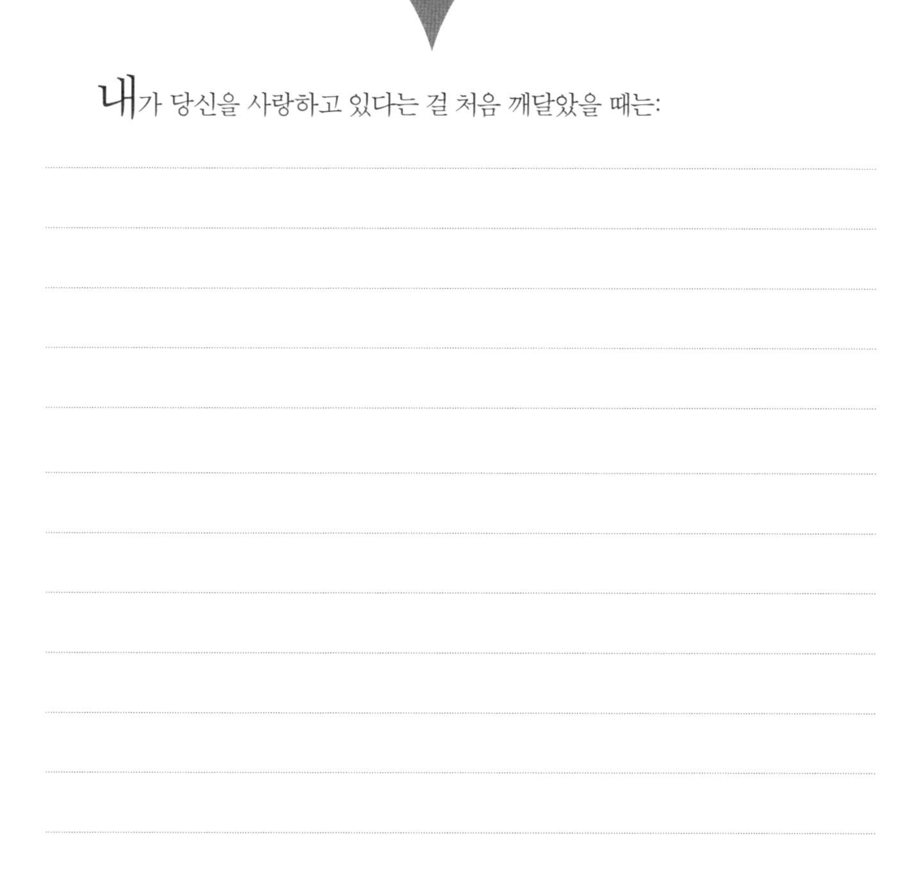

내가 당신을 사랑하고 있다는 걸 처음 깨달았을 때는:

♥

함께 보냈던 행복한 시간들 중에서, 특히 이 날이 기억에 남아요:

내게 가장 힘이 되어주었던 당신의 포옹은:

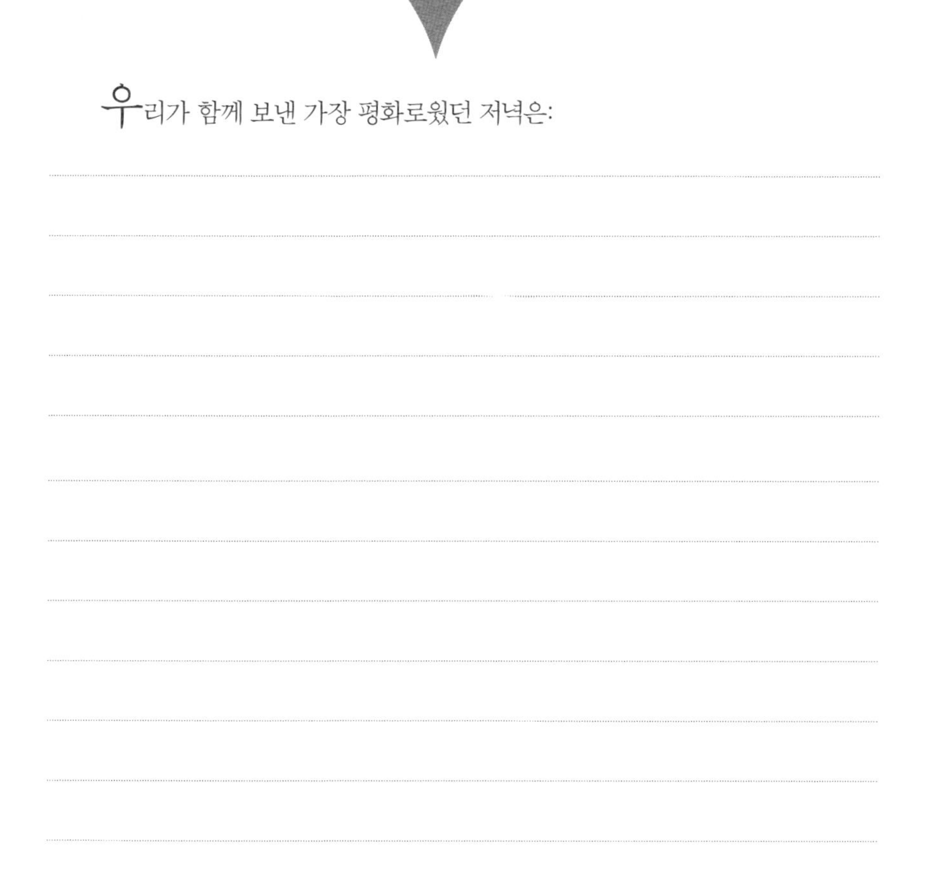

우리가 함께 보낸 가장 평화로웠던 저녁은:

♥

너무 웃겨서 까먹을 것 같지 않은 당신과의 추억은:

아직도 믿기지가 않아요, 우리가:

우리는 참 운이 좋았지요, 왜냐하면:

이럴 때 우리는 오래된 친구 같아요:

♥

언제 당신이 가장 보고 싶냐면요:

우리가 슬프고 힘든 시간을 함께 거쳐온 것을 기억하나요?

내가 가장 좋아하는 당신 사진을 붙여보았어요:
♥♥♥

♥

바쁜 하루, 틈틈이 당신을 생각합니다:

아침

점심

오후

저녁

밤

당신과 같이하고 있어 좋은 것들은:

내가 좋아하는 장소들 중 당신에게 꼭 보여주고 싶은 곳은:

우리가 나누고 있는 일상의 작은 습관들을 사랑해요:

♥

매일 우리가 함께 있을 수 있다면요:

금요일 또는 토요일 밤에는:

마지막 배가 끊긴 섬에서 빠져나오지 못한 날에는:

주중에 우리 둘 다 하루 휴가를 낸 날에는:

하루 종일 우리가 함께 집에만 있어야 하는 날에는:

비가 오는 날에는:

눈부시게 맑은 날에는:

뜨거운 여름날에는:

아침에 내가 먼저 일어나는 날에는:

당신이 나보다 먼저 잠든 날에는:

♥

많은 감각들이 당신을 떠올리게 해요:

소리

맛

냄새

촉감

시각

당신이 그곳에 있었을 때 나는 당신을 몹시 그리워했어요:

당신과 나는 매년 이 날들이 오면 '우리'가 된 것을 자축하곤 하죠:

♥

우리가 타임캡슐을 만들어 20년 후 열어볼 수 있다면, 그 타임캡슐에 넣어 두고 싶은 것은요:

거부하기 힘든 당신의 육체적 매력 중 하나를 꼽자면:

나는 종종 당신을 보고 "우와!" 하고 감탄을 금치 못해요. 왜냐하면:

♥

당신이 문을 열고 걸어 들어올 때면:

당신은 이런 표정을 지을 때 사랑스러워요:

당신은 이런 옷이 참 잘 어울려요:

당신에게 가볍고 심플한 이미지를 주는 티셔츠나 반바지는:

당신을 스마트하게 만드는 정장 스타일은:

당신을 더욱 빛나게 하는 색깔은:

사람들에게 호감을 주는 당신의 헤어스타일은:

당신이 착용하면 딱 좋을 액세서리는:

몸을 써서 당신이 가장 잘하는 일은:

당신이 그것을 할 때 나는:

당신은 이런 일을 할 때 완벽할 거예요:

영화배우가 된다면 당신은:

당신이 하면 가장 유명해질 것 같은 분야나 일은:

당신의 이미지에 꼭 맞는 슈퍼히어로는:

당신의 '베스트 프렌드'가 될 것 같은 유명 스타들은:

♥

당신을 가장 잘 나타내주는 단어 열 개만 골라본다면:

- ❑ 다정한
- ❑ 야망 있는
- ❑ 용감한
- ❑ 신중한
- ❑ 자신 있는
- ❑ 사려 깊은
- ❑ 창조적인
- ❑ 유연한
- ❑ 친근한
- ❑ 웃긴
- ❑ 관대한
- ❑ 젠틀한
- ❑ 정직한
- ❑ 상상력이 풍부한
- ❑ 활기찬
- ❑ 낙관적인
- ❑ 열정적인
- ❑ 참을성 있는
- ❑ 장난기 많은
- ❑ 방어적인
- ❑ 책임감 있는
- ❑ 예민한
- ❑ 감각적인
- ❑ 진지한
- ❑ 바보 같은
- ❑ 똑똑한
- ❑ 영성적인
- ❑ 즉흥적인
- ❑ 꾸준한
- ❑ 강한
- ❑ 스타일리시한
- ❑ 절약하는
- ❑ 지적인
- ❑ 터프한
- ❑ 조화로운
- ❑ 섬세한
- ❑ 현명한
- ❑ 그 밖에

....

내가 당신을 보며 "이 사람, 정말 괜찮군!" 했던 적은:

내가 좋아하는 당신의 성격들 중 하나는:

그런 당신의 성격이 진가를 발휘한 때는:

내 눈에 비친 당신의 마음과 영혼을 그려볼게요.

당신이 자꾸 변덕을 부려 처음엔 당황했지만 결국엔 깔깔 웃었던 기억은:

당신의 웃음소리를 묘사해보자면요:

당신이 가장 행복해 보이는 순간은:

♥

내가 좋아하는 당신의 이야기는:

♥

당신에게 평생 변하지 않을 그 무엇이 있다면:

당신은:

처럼 달콤해요

처럼 강해요

처럼 스마트해요

처럼 아름다워요

처럼 용감해요

♥

사람들이 잘 모르는 당신만의 가장 특별한 점은:

당신에 관한 것들 중 이것만은 아무에게도 말하지 않을 거예요:

시간이 흐르면서 당신이 점점 더 나은 방향으로 개선해나가고 있는 것은:

나를 매료시킨 당신의 다섯 가지 재능은:

- ❑ 요리
- ❑ 설득력
- ❑ 고기 굽기
- ❑ 식물 가꾸기
- ❑ 농담과 위트
- ❑ 자유로움
- ❑ 집 꾸미기
- ❑ 청소나 정리
- ❑ 휴가 일정 짜기
- ❑ 길을 잃지 않는 것
- ❑ 돈 관리
- ❑ 경청
- ❑ 조언
- ❑ 편안하게 해주기
- ❑ 키스
- ❑ 맥주 고르기
- ❑ 노래하기
- ❑ 음악 연주하기
- ❑ 예술 작품 만들기
- ❑ 독립성
- ❑ 언행일치
- ❑ 컴퓨터 노하우
- ❑ 마사지
- ❑ 모임 이끌기
- ❑ 그 밖에

나를 감탄시킨 당신의 가장 해박한 지식은:

당신이 좋아해서 나도 좋아하게 된 책이나 작가는:

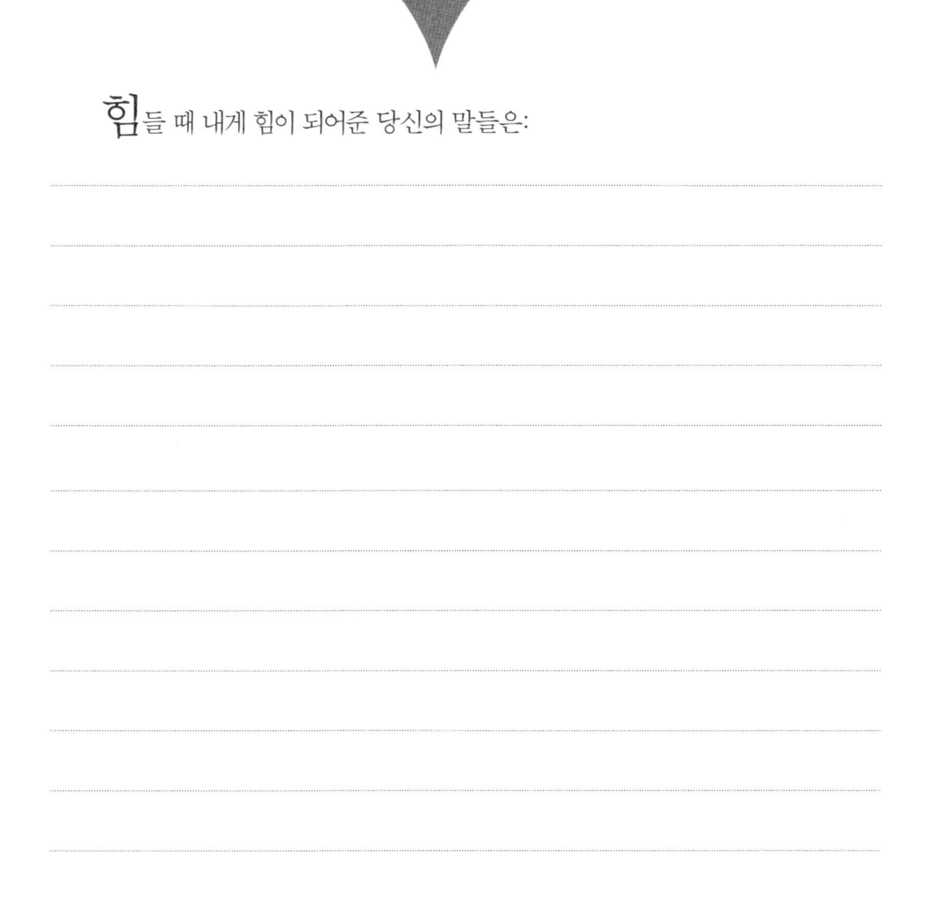

힘들 때 내게 힘이 되어준 당신의 말들은:

♥

당신이 이런 행동을 할 때 나는 짜릿한 쾌감을 느껴요:

당신이 극복한 일들 중 가장 존경스러웠던 것은:

당신을 알고 있다는 게 자랑스러웠던 때는:

당신에게 주고 싶은 상의 이름은:

내 친구들이 당신에게 호감을 갖는 이유는:

당신이 만일 내 제자라면, 나는 당신에게 관심을 갖는 기업이나 사람들에게 다음과 같은 추천서를 써줄 거예요.

♥

장난치고 싶을 때 난 당신에게 문자를 보내요:

그리고 종종 당신은 내게 전화를 걸어서 짓궂게 말하죠:

가끔씩 당신에게 다른 이름을 붙여주고 싶어요:

♥

당신의 이름에 들어가 있는 자음과 모음으로 만들 수 있는 단어들이에요. 무엇이 가장 마음에 드나요?

당신 이름으로 당신을 잘 표현할 수 있는 삼행시를 지어본다면:

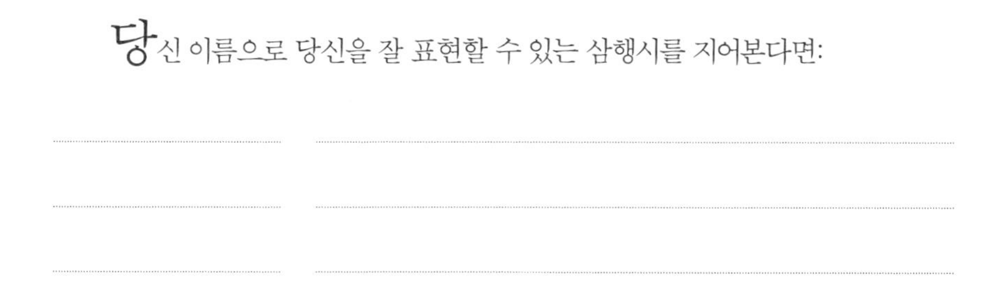

♥

내가 풍경화를 그린다면, 당신은:

❑ 산(강하고 한결같은)

❑ 풀밭(끝없이 펼쳐진 하늘 아래 안락한)

❑ 바다(표면은 반짝반짝 빛나지만 내면은 깊고 넓은)

❑ 숲(견고하고 깊고 고요한)

❑ 열대우림(무성하고 비옥한, 그리고 비밀로 가득 찬)

❑ 설경(밝지만 부드럽고 미묘하며 조용한 가운데 매혹적인)

❑ 사막(뜨겁고, 뜨겁고, 뜨거운)

❑ 그 밖에

....

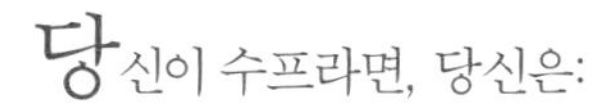

당신이 수프라면, 당신은:

- ❑ 치킨 누들(모두가 사랑하는)
- ❑ 토마토(부드럽고 클래식하며 맛있는)
- ❑ 유기농 야채(건강에 좋은)
- ❑ 해산물 검보(뜨겁고 매운)
- ❑ 소고기 스튜(따뜻하고 만족스러운)
- ❑ 그 밖에

....

♥

당신을 좀 더 많은 것들에 비유해보자면:

과일이나 야채

와인이나 맥주

시리얼이나 아침 식사

동물

꽃이나 나무

부엌에 있는 무언가

♥

몸의 일부분

자동차

가전제품

나라

잡지

식당

장난감이나 게임

♥

당신에게 소개해주고 싶은 - 과거와 현재, 미래의 - 누군가가 있다면:

소녀들이 설탕과 양념과 다른 좋은 것들로 만들어졌고, 소년들이 잡곡과 달팽이와 강아지 꼬리로 만들어졌다면, 당신은 무엇으로 만들어졌을까요?

내가 당신과 함께 사막에 갇히게 될 걸 미리 알았다면, 가방을 쌀 때 챙겨 넣었을 것들은:

당신과 내가 엘리베이터에 주말 동안 꼼짝없이 갇히게 된다면, 우리는:

당신의 자서전이나 예술 작품에 붙일 제목이 있다면:

평론가와 독자들은 이렇게 말하겠죠:

당신이 행방불명되면, 이런 포스터를 붙일 거예요:

사람을 찾습니다

신체적 특징 ....

마지막으로 입고 있던 옷 ....

마지막으로 목격된 장소 ....

사례금 ....

♥

'나와 당신은'으로 오행시를 지어본다면:

나

와

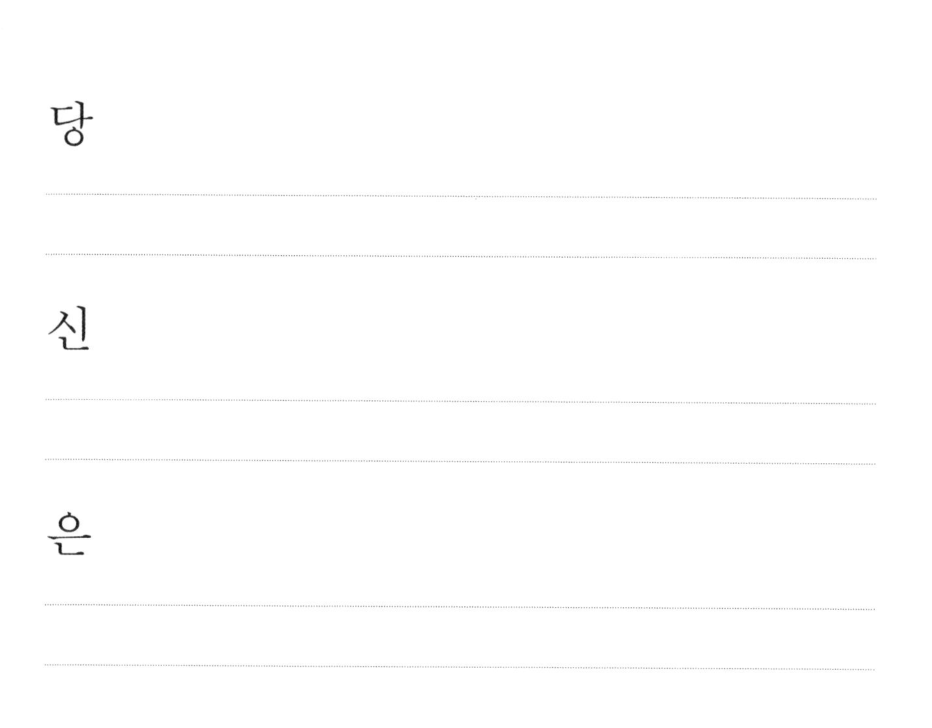
당

신

은

당신은 나를 이렇게 만들었어요:

당신을 만난 후 가장 달라진 나의 일상은:

당신이 곁에 없을 때 내 마음은 이런 모습이죠:
♥♥♥

♥

행복하고 신이 날 때 내가 하는 행동은:

당신을 아직도 짝사랑하고 있는 중이라면, 나는 이렇게 고백했을 거예요:

누군가 내게 이성적인 호감을 표현해온다면, 나는 점잖게, 이렇게 거절할 거예요:

당신을 향한 내 마음을 가장 잘 표현하는 것들이에요:

시 또는 잠언

음악

그림

날씨

그 밖의 것들

♥

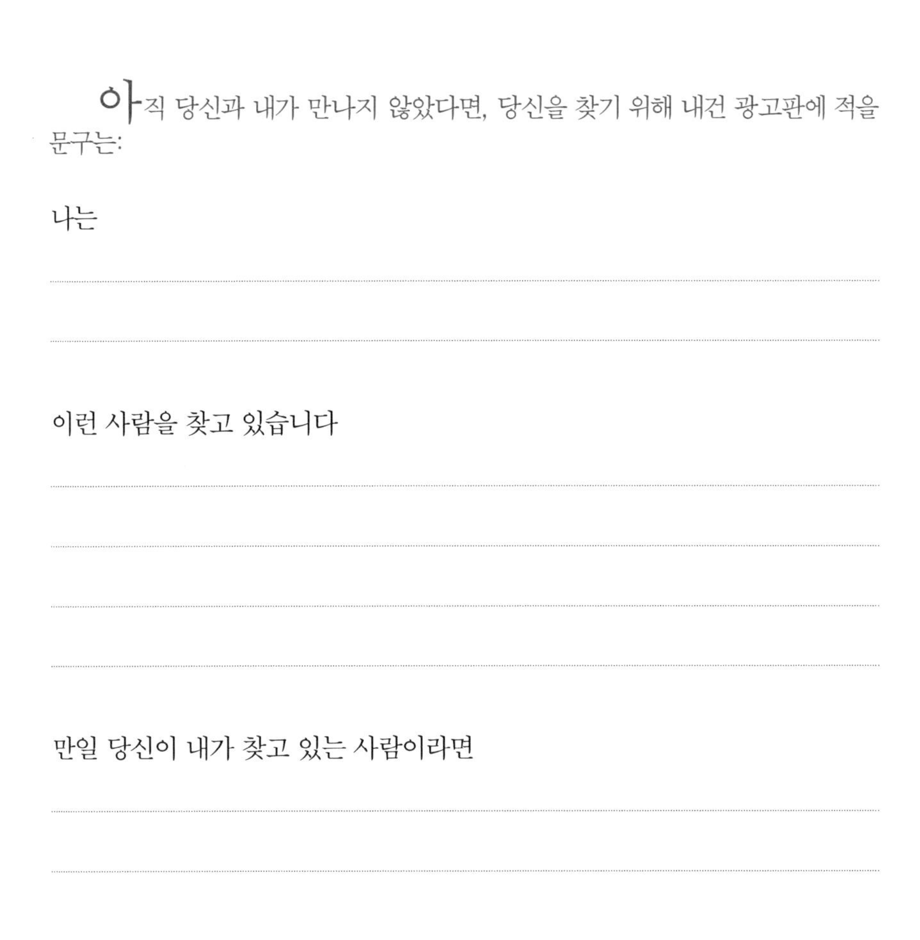

아직 당신과 내가 만나지 않았다면, 당신을 찾기 위해 내건 광고판에 적을 문구는:

나는

이런 사람을 찾고 있습니다

만일 당신이 내가 찾고 있는 사람이라면

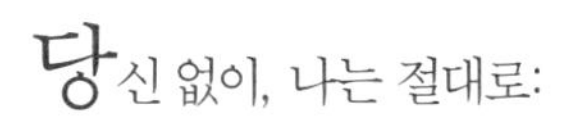

만나지 못했을 거예요, 이 소중한 사람들을:

다음과 같은 놀라운 기회나 경험들도 없었겠죠:

♥

어떻게 해야 하는지 당신이 방법을 알려줘서 고마웠던 것은:

당신 때문에 내가 되찾은 것들은:

당신 말을 들어서 자다가도 떡이 생겼던 일은:

고마워요, 당신은 나의 _____을 치유해줬어요:

♥

내 자신에 대해 당신이 알려준 한 가지는:

당신이 내 삶에 불어넣어준 영감은:

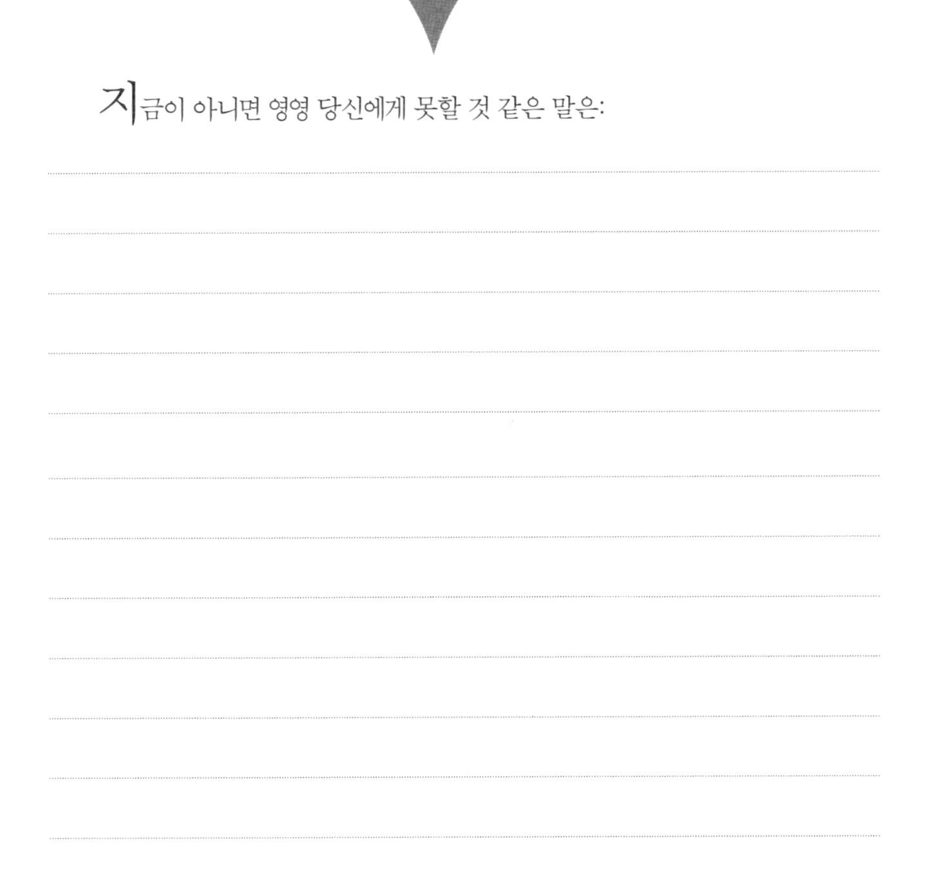

지금이 아니면 영영 당신에게 못할 것 같은 말은:

♥

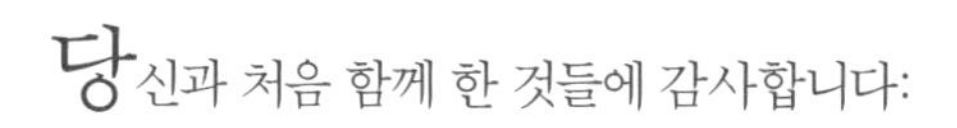

- ❑ 첫 키스

- ❑ 첫 여행

- ❑ 처음 함께 본 영화

- ❑ 처음 함께 간 공연

- ❑ 처음 맞이한 생일

- ❑ 당신에게 보여준 첫 눈물

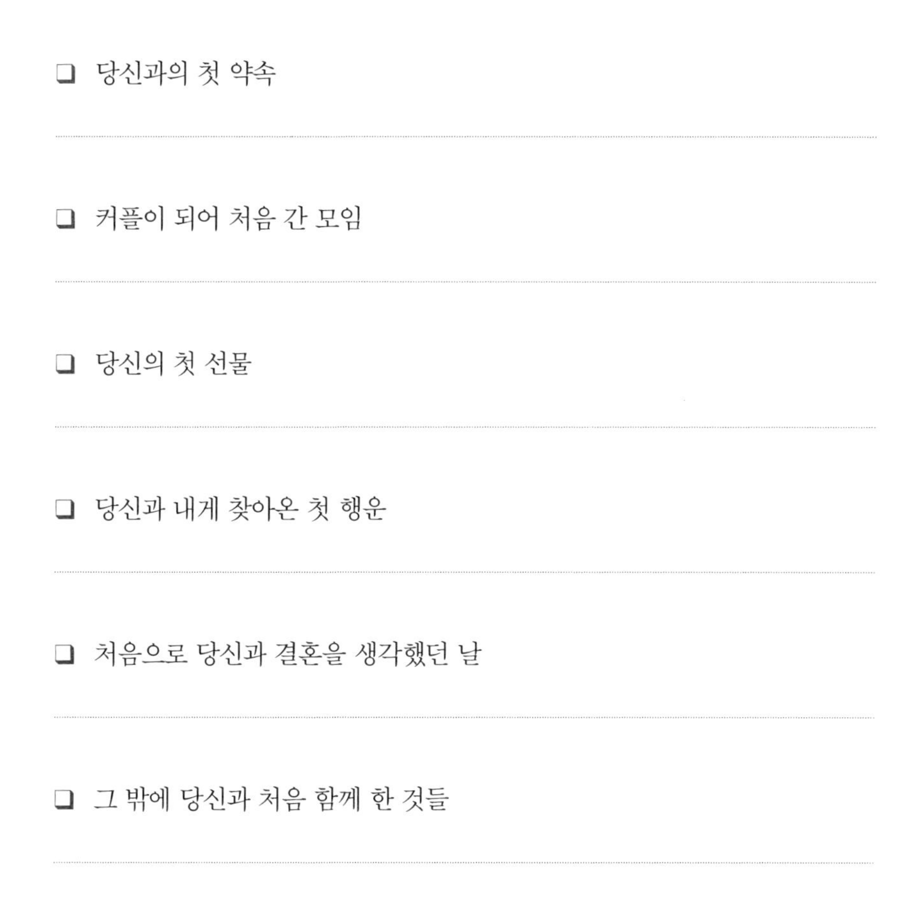

❑ 당신과의 첫 약속

❑ 커플이 되어 처음 간 모임

❑ 당신의 첫 선물

❑ 당신과 내게 찾아온 첫 행운

❑ 처음으로 당신과 결혼을 생각했던 날

❑ 그 밖에 당신과 처음 함께 한 것들

♥

당신은 삶의 가치들에 대한 내 감정이나 의견을 바꿔놓았어요:

인간관계

돈

건강한 삶

미래에 대한 생각

종교 또는 신념

그 밖의 것들

지금껏 당신이 준 최고의 선물은:

더 나은 세상을 위해 당신이 기여하고 있는 것은:

♥

당신이 내게 소개해준 작은 기쁨들을 적어보았어요:

맛있게 먹을 수 있는 음식이나 음료

재밌는 볼거리나 읽을거리

갈 곳과 할 것들

당신 때문에 사용하게 된 도구나 능숙해진 일들

기분을 좋게 만드는 것들

그 밖에 나를 행복하게 만드는 것들

♥

당신은 내가 아는 사람들 중 유일하게 ______할 것 같아요:

당신이 나를 위해 포기했던 것들이 얼마나 힘든 선택이었는지에 감사해요:

당신을 사랑해요. 왜냐하면:

당신은 절대

당신은 가끔씩

당신은 항상

♥

왜 하필 많은 사람들 중에 당신이었느냐고 물으신다면:

이때, 당신이 무조건 내 편을 들어줘서 정말 좋았어요:

내가 당신에게 인정받고 있다고 느꼈을 때는:

당신이 내게 이런 칭찬을 해주었을 때, 기분이 날아갈 것 같았어요:

우리의 관계를 더 단단하게 만들기 위해 당신이 했던 노력은:

당신이 나를 더욱 돋보이게 해주었던 순간은:

당신이라는 든든한 울타리가 있어서, 그래서 난 이제 엄두도 내지 못했던 일들을 용기를 내 할 수 있을 것 같아요:

당신 없는 내 삶은 이럴 거예요:
♥♥♥

당신과 함께 하는 내 미래는 이럴 거예요:

♥♥♥

♥

우리 두 사람이 믿고 따르는 가장 지혜로운 사람은:

당신을 정말 보고 싶어 하고, 존경하는 사람이 있다는 걸 아나요?

당신과 함께 일하는 사람들은 행운아에요. 왜냐하면:

당신은 훌륭한 부모에요(부모가 될 거예요). 왜냐하면:

♥

마음이 말을 할 수 있다면, 이 사람들의 마음은 당신에게 이렇게 말할 거예요:

당신의 어머니

아버지

딸

아들

당신의 형제자매

친구

직장 상사나 선생님

직장 동료

그 밖의 사람들

♥

당신과 함께 당신 친구들을 만나는 것이 좋아요. 왜냐하면:

내 친구들과 당신이 함께 있을 때 좋은 점은:

당신이 당신 가족과 함께 있을 때 내가 대단하게 생각하는 것이 무엇인지 아나요?

당신의 어떤 면이 사람들을 행복하게 만드는지 아나요?

당신이 탁월한 중재자로서 어두웠던 분위기를 밝게 만들었던 적은:

당신이 아는지 모르겠지만, 모두가 당신에게 고마움을 느꼈던 일이 있어요:

♥

오직 당신만이 이 일을 가능하게 했어요:

나는 당신이 남몰래 했던 일들을 기억해요:

당신에 대한 사람들의 평판과 칭찬을 모아봅니다:

♥

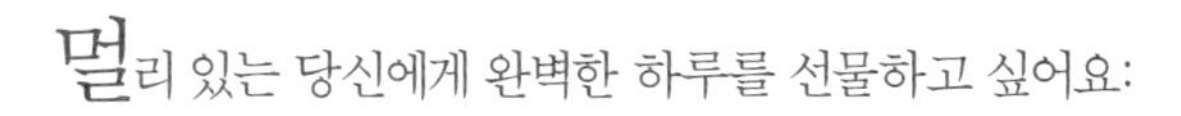

아침을 깨우는 메시지

....

....

정오의 추천곡

....

....

나른한 오후를 위한 격려

....

....

퇴근 후 뭘 할지 몰라 고민하는 당신에게

....

....

♥

다음 밸런타인데이 때 나는 당신을 괴롭히고 싶어요:

머지않은 ______년에, 당신이 보게 될 아름답고 멋진 광경을 묘사해보았어요.

♥

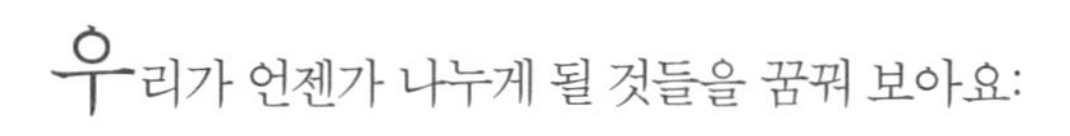

우리가 가장 원하는 공간

더 늦기 전에 꼭 도전할 모험

새롭게 만나야 할 사람들

우리 둘만의 특별한 기념일

알라딘 램프가 있다면, 내가 빌 소원은요:

1.

2.

3.

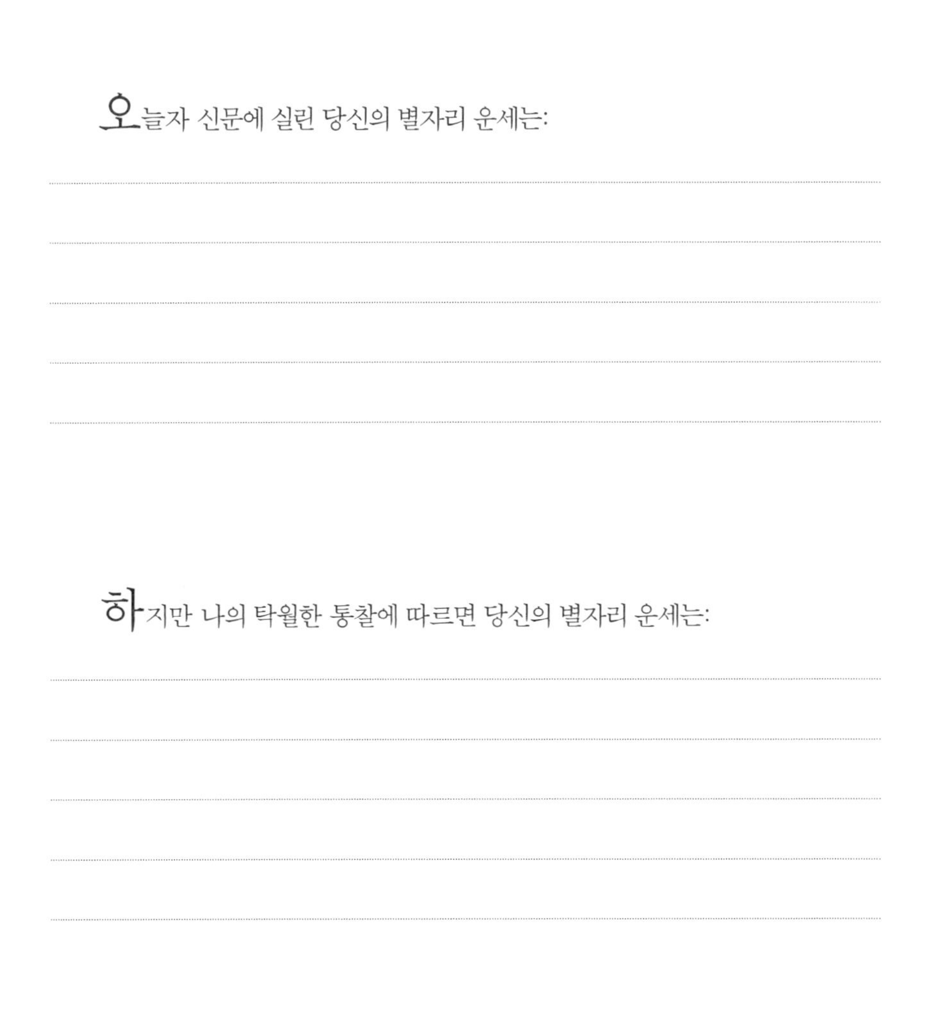

오늘자 신문에 실린 당신의 별자리 운세는:

하지만 나의 탁월한 통찰에 따르면 당신의 별자리 운세는:

당신과 반반씩 나눠 갖고 싶은 것은:

당신을 사랑하는 동안 내가 꼭 해야 할 일은:

♥

앞으로 몇 년 동안 우리에게 꼭 일어나야 하는 일은:

언젠가 당신이 삶에서 그토록 원하던 것을 마침내 얻었을 때, 나는 당신이 지금 이 순간을 돌아보며 이렇게 말하기를 바랍니다:

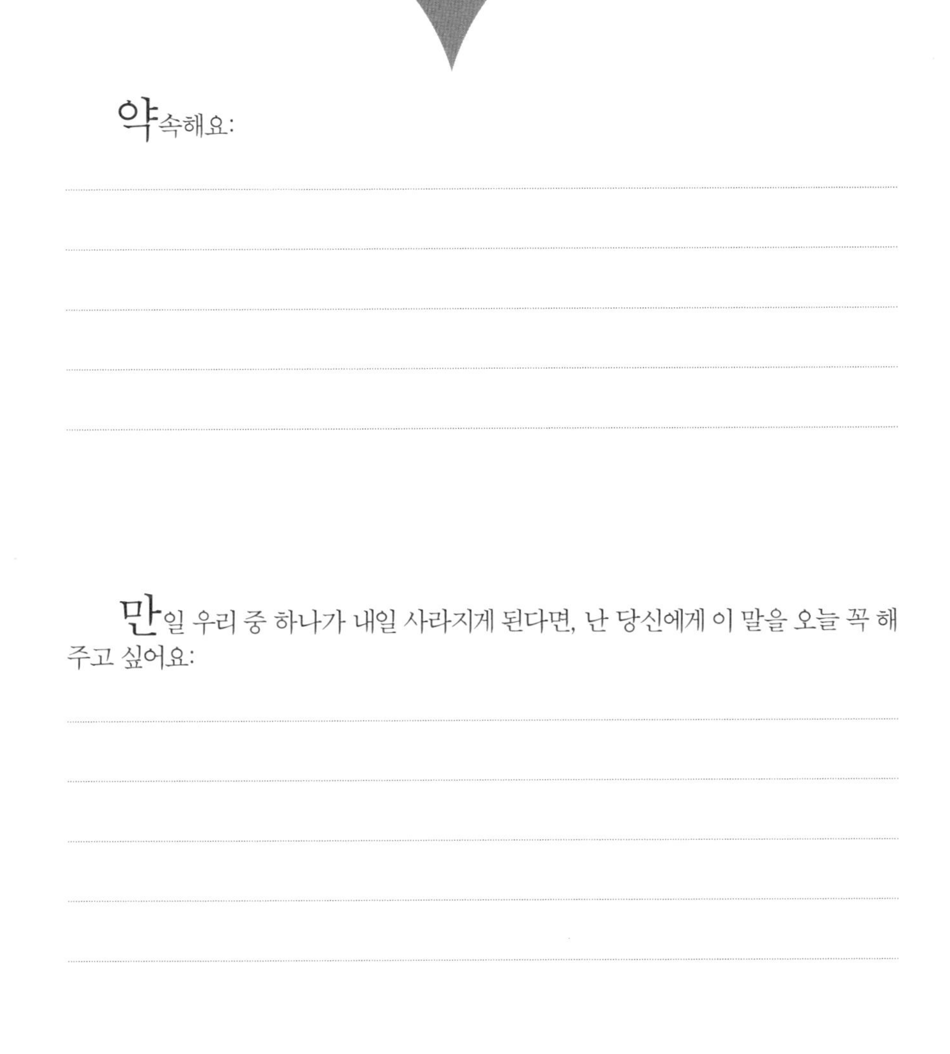

약속해요:

만일 우리 중 하나가 내일 사라지게 된다면, 난 당신에게 이 말을 오늘 꼭 해 주고 싶어요:

당신과 내가 함께한, 가장 잊지 못할 사진 한 장을 남겨봅니다:

♥♥♥

이 책은 사랑을 축복하기 위해 만들어졌습니다.
당신이 이 책을 아끼는 누군가에게 선물하거나 당신을 아끼는
누군가로부터 받게 된다면, 그것은 행운입니다.
당신이 언제나 사랑하고 사랑받고 감사하는 삶을 살기를 기원합니다.

♥

지은이 케이트 마셜Kate Marshall · 데이비드 마셜David Marshall

1984년 결혼한 두 사람은 전 세계 수십만 독자들에게 폭넓은 사랑을 받고 있는 작가이자 아티스트이다. 아름답고 성찰 깊은 글을 책으로 엮는 작업을 통해 우리의 삶에 많은 영감과 변화, 행복을 선물하고 있다.

옮긴이 함초롬

한국예술종합학교 영화과를 졸업한 후 출판기획자 및 번역가로 일하고 있다. 세상 곳곳에 숨어 있는 좋은 책들을 발굴해 국내 독자들에게 알리는 데 힘쓰고 있다.

내가 사랑하는 당신은 What i love about You

1판 1쇄 발행 2016년 10월 24일
1판 3쇄 발행 2019년 1월 18일

지은이 케이트 마셜 · 데이비드 마셜 **옮긴이** 함초롬
발행인 오영진 김진갑 **발행처** (주)심야책방

출판등록 2013년 1월 25일 제2013-000028호
주소 서울시 마포구 월드컵북로5가길 12 서교빌딩 2층
전화 02-332-3310 **팩스** 02-332-7741
홈페이지 www.tornadobook.co.kr
페이스북 www.facebook.com/tornadobook

ISBN 979-11-5873-079-6 13840

이 도서의 국립중앙도서관 출판예정도서목록(CIP)은 서지정보유통지원시스템 홈페이지(http://seoji.nl.go.kr)와 국가자료공동목록시스템(http://www.nl.go.kr/kolisnet)에서 이용하실 수 있습니다.
(CIP제어번호: CIP2016022888)